皇家競技賽

新雅文化事業有限公司

www.sunya.com.hk

　　在一個晴朗的日子，三輛豪華馬車停在皇家野餐大
會場地旁邊。僕人宣布了三個王室家族的到來，他們就
是威靈王國家族、可奧爾頓王國家族和魔法王國家族。

　　「三國聯合舉辦的皇家野餐大會可不是一般的野餐
啊。」安柏告訴蘇菲亞。

　　她們走下御用馬車後，蘇菲亞好奇地打量着周圍的人，還有那些矗立在草原中央的華麗帳篷，以及自助餐桌上堆得滿滿的美味食物。

　　「快點開始吧！」蘇菲亞迫不及待地說。

　　在皇家野餐大會正式開始前，蘇菲亞問候了另外兩個國家的公主。威靈王國的阿君公主很可愛，有點兒害羞，是個乖女孩。可奧爾頓王國的瑪雅公主熱情友善，很愛運動。蘇菲亞真希望能馬上和她們成為朋友。

「蘇菲亞！」詹姆士跑過來，大叫着，「你過來看看這個。」他把蘇菲亞帶到一個巨大的獎盃前——原來是黃金聖盃。

　　「參加這個野餐的小孩都要玩遊戲，獲勝的國家將會獲得這個聖盃，並可以一直保留，直至下一次野餐。」詹姆士説，「我每次都好想得到它！」

詹姆士説安柏一點也不喜歡這些遊戲，他希望
蘇菲亞今年能夠代替安柏參賽。

「你能做我的隊友嗎？」詹姆士伸出手説。

蘇菲亞笑了笑説：「好的，我的隊友！」

擲鐵蹄比賽

　　蘇菲亞和詹姆士換好衣服後，來到比賽場上。一起
參賽的還有瑪雅的弟弟卡利德王子，和阿君的哥哥阿金
王子。

　　貝利域宣布第一場比賽是——「擲鐵蹄」，目標是
把馬蹄鐵擲到那條紅白相間的椿子上。

這個馬蹄鐵十分特別，它長了一雙雪白的翅膀。不過，這只會增加遊戲的難度，因為這些帶翅膀的馬蹄鐵總喜歡偏離路線。

阿金第一個擲鐵蹄，他的馬蹄鐵落在離椿子很遠的地方。

「還不錯！」瑪雅鼓勵道。

阿君的馬蹄鐵落在自助餐桌上。「噢！」她咯咯笑了起來，「誰來告訴我的馬蹄鐵，現在還沒到午餐時間呢！」

接下來輪到詹姆士了，他的馬蹄鐵落在椿子附近。

「這是目前最好的成績！」阿金說。

　　下一個是瑪雅公主。她的馬蹄鐵比詹姆士的更靠
近樁子！

　　「好極了！」卡利德說。

　　「蘇菲亞，勝負就在你了。」詹姆士說，「如果
你比瑪雅擲得更近，我們就贏了。」

叮噹！蘇菲亞的馬蹄鐵擊中了樁子！

「擲得好！」瑪雅歡呼起來。

蘇菲亞高興地跳起來。「我擊中啦！」她大聲叫着。

「魔法王國獲勝！」貝利域宣布。

11

　　「我們贏了！」詹姆士興奮地大叫，「我以前從來沒有贏過！」

　　「做得很好呀，蘇菲亞。」阿金說。

　　詹姆士得意忘形地用手指着其他人說：「我們是最厲害的！魔法王國今年一定會奪得黃金聖盃！」阿金有點不高興地說：「好了，我們聽到了。」

　　詹姆士不理他。「來吧，蘇菲亞。我們來贏下一場
比賽！」他大叫着跑走了。

　　蘇菲亞對詹姆士的反應很是吃驚。「他只是太興奮
了。」她不好意思地笑了笑，跟其他人解釋説。瑪雅皺
着眉頭説：「我想是吧。」

過了一會兒，貝利域又宣布：「『運金蛋』比賽現在開始！」

　　蘇菲亞非常小心，努力地讓她的金蛋保持平衡。

　　貝利域才剛宣布：「開始！」，蘇菲亞就跑上了賽道。

　　啪嗒！啪嗒！比賽開始沒多久，阿君公主和卡利德王子的金蛋就掉了。

　　瑪雅跌跌撞撞地走着，眼看金蛋就要掉下來，幸好她又及時接住了。

　　「救得不錯。」蘇菲亞對她說。

　「蘇菲亞！」詹姆士説，「這是比賽，可沒工夫聊
天！」

　詹姆士的説話讓蘇菲亞分了神。啪嗒！金蛋掉到地
上了。

　賽道上只剩下詹姆士和瑪雅。詹姆士幾乎贏定了，
可就在最後一秒，瑪雅超過了他。

每個人都在祝賀瑪雅——除了詹姆士，對，就是除了詹姆士！

啪嗒！他把金蛋扔在地上。「我本來贏定了，都怪太陽晃了我的眼睛！」他抱怨道。

「真是輸不起呀。」瑪雅悄悄跟阿君説。

蘇菲亞聽到了。「真的很抱歉，」她説，「我去和詹姆士聊聊。」

蘇菲亞發現詹姆士在準備下一場比賽。「你就不能對其他朋友好一點嗎？」她勸說道。

　　「我又沒做錯什麼，」詹姆士固執地說，「我只是想贏得比賽。」

　　「但是，詹姆士……」蘇菲亞還想再勸說，可是詹姆士已經跑開了。

下一個比賽是「三國排球」。

詹姆士很努力救球，盡量不讓球掉落在魔法王國防守的三角區域裏。

最後，詹姆士和蘇菲亞贏得了比賽。

「我們贏了，你們輸了！」比賽結束後，詹姆士得意忘形地譏笑另外兩隊。

蘇菲亞嘗試阻止詹姆士嘲笑別人，但他就是不聽。

「我不想玩了。」瑪雅忍不住說道。

「我們也不想玩了，」阿金向詹姆士說，「如果你那麼想要聖盃，你就拿去吧。我們退出。」

「對不起，蘇菲亞。」阿君補充道。

　　詹姆士聳聳肩，「我不明白，為什麼大家都不玩了？」他問蘇菲亞。

　　「因為他們覺得不好玩！」蘇菲亞生氣地說，「你今天一整天都很小器，我不想做你的隊友了！」

蘇菲亞氣鼓鼓地離開了比賽場地，她發現不遠處大人們也在玩遊戲。

　　那裏充滿了笑聲，每個人都非常開心，好像沒有人關心輸贏。

　　蘇菲亞突然想到了一個主意⋯⋯

「跟我來，給你看一些東西。」蘇菲亞告訴詹姆士。
蘇菲亞帶着詹姆士走過來，看大人們玩魔法保齡球。
詹姆士看見父親輸了一局，但還是很開心。

「哦，好吧，」羅倫國王説，「也許下次會更幸運
——希望如此！」

「看見了吧？」蘇菲亞對詹姆士説，「比賽本來就應
該充滿樂趣——不管你是贏還是輸。」

「我明白了，謝謝你。」詹姆士由衷地説。

詹姆士找到了阿金王子他們，他為自己輸不起的小心眼，以及為贏得比賽時的沾沾自喜而道歉。

「我忘了三國野餐的目的是讓大家聚在一起，共度一段美好的時光。我真的很抱歉。」詹姆士真誠地說。

朋友們決定原諒詹姆士，比賽又重新開始了。

最後，可奧爾頓王國贏得了黃金聖盃。

看到詹姆士比其他人都歡呼得更大聲，蘇菲亞覺得非常開心。

「也許明年我們會贏，」蘇菲亞對詹姆士說，「我們還是隊友吧？」

詹姆士笑了笑，握着蘇菲亞的手說：「還是隊友！」

科技展的
意外收穫

「下周就是魔法王國的科技展了！」校長花拉仙子在課堂上向學生們大聲宣布，「由兩位同學組成一組參加比賽，最終獲勝的小組將贏得這個科技展獎盃。」

花拉仙子、藍天仙子和翡翠仙子將學生們分成三組，蘇菲亞和詹姆士被分在了一組，安柏和德斯蒙德王子一組，薇薇安和哈立德王子一組。放學後，三個小組的成員聚集在魔法王國的城堡裏，開始為科技展做準備。

羅倫國王得知科技展即將舉辦的消息，忍不住歎了一口氣。「以前每年的科技展我都參加，可從來沒有贏過。」國王回憶起了往事。

「有一次，我嘗試製作了一個漂浮的太陽系模型，但我和拍檔沒能在限定時間裏完成。」他遺憾地聳了聳肩。

　　「蘇菲亞，為了爸爸，這一次我們必須要贏！」
詹姆士下定了決心。

　　安柏也點了點頭。「我捧着獎盃回家時，爸爸
一定會感到非常驕傲的。」她滿臉自信地說。

每個小組都想好了一個科技項目的主題，由於每個小組的項目都需要使用神奇的番紅花，於是，他們都跑去賽克的工作室向他求助。

　　「番紅花是整個魔法王國裏最稀有的神奇花朵。」賽克告訴他們，「我也只有這麼一小罐而已。」

　　「謝謝你，賽克。」安柏一邊道謝，一邊迫不及待地搶走了裝着番紅花的罐子。

但回到課室後，興奮的安柏一不小心就把
罐子裏的番紅花全灑了出來。

於是，孩子們急匆匆地跑回賽克的工作室，詢問賽克哪兒能找到更多的番紅花。

　　「在白虹山山頂上生長着一株番紅花，」賽克告訴他們，「一株番紅花應該足夠完成一個科技項目。」

　　「那株番紅花是我們的！」安柏大聲說，「德斯蒙德，我們快點出發吧！」

三個小組的成員立即出發前往白虹山。

　　安柏乘坐的馬車原本一路領先，但因為詹姆士不停地把紅蘿蔔從自己的馬車裏扔出去，成功地分散了其他馬兒的注意力。所以，詹姆士很快就超過了所有的馬車。

　　「你這樣做太不應該了。」蘇菲亞生氣地指責詹姆士道。可是，詹姆士不覺得這樣做有什麼不妥。

　　白虹山山頂被厚厚的迷霧籠罩着，馬車不方便着陸。因此，所有人都必須爬上山頂。

　　「我們沒有時間了，走快點兒！」詹姆士一邊說，一邊推着蘇菲亞跑出了馬車。

　　他們爬上山坡後，眼前出現了一片水晶森林。這片水晶森林真是美極了，但非常易碎。蘇菲亞提醒詹姆士放慢腳步，兩個人輕輕地穿越水晶森林，以免碰碎那些水晶樹。

這時，安柏和德斯蒙德追了上來。「快點穿過森林！」安柏大喊着，那些美麗的水晶樹葉立即被震得紛紛碎了一地。

咔嚓！當他們跑過一棵水晶樹後，樹就倒了下來，擋住了其他人的路！

安柏和德斯蒙德沿着路一直跑，他們首先抵達了一片布滿音樂迷霧噴泉的曠野。

　　「小心點！」德斯蒙德提醒安柏，「你永遠不知道這些迷霧噴泉什麼時候會噴出來。」

過了一會兒，其他小組也抵達了這片曠野。

「快走吧！」詹姆士呼喊着。話音未落，一道噴泉突然在他面前噴發出來，嚇得他連連後退。

「等等，」蘇菲亞跟詹姆士說，「這些噴泉好像是有節奏的，聽起來像是一首歌，你聽出來了嗎？」

37

蘇菲亞和詹姆士跟隨着噴泉的曲調，一邊哼唱着，一邊安全地通過了這片曠野。當他們經過薇薇安和哈立德的身旁時，蘇菲亞把這個訣竅告訴了他們。

　　「別幫助他們！」詹姆士抱怨起來。

　　「詹姆士，你要知道，雖然我們都想得到番紅花，但不能因為這樣，我們就不幫助別人。」蘇菲亞勸道。

　　眼看蘇菲亞和詹姆士就要抵達山頂，一個巨大的食人魔卻突然跳了出來！

　　「別想通過這裏！」食人魔大聲恐嚇他們說，「除非你們能夠解開我的謎語：

　　它比黃金貴，卻千金難買；

　　它難於尋求，卻容易失去。」

「我知道！」詹姆士說道，「謎底是一隻襪子！」

「你是在開玩笑嗎？」食人魔轉頭看着詹姆士說，
「這就是你的最佳答案？」

就在這時，薇薇安和哈立德也趕到了，他們聽到了
食人魔的謎語。不過，他們也想不到答案。

「我知道了！」蘇菲亞靈機一動，「是朋友，對不對？朋友比黃金還要珍貴，卻又不需要花錢去買。要找到一個真正的朋友很難，如果我們不好好珍惜，就很容易失去他。」

　　食人魔點了點頭，説道：「你可以通過了。」於是，
蘇菲亞繼續前進。不消一會兒，蘇菲亞就抵達了迷霧籠罩
的山頂，她一眼就看到了那株珍貴的番紅花。她摘下了那
朵惟一的番紅花，小心翼翼地把花朵裝進自己的袋子裏。

就在蘇菲亞轉身的一瞬間，她聽到了安柏傳來的慘叫聲——「啊！食人魔！」蘇菲亞被嚇了一跳，手一鬆……山頂的狂風吹走了那個裝有番紅花的袋子！「啊，不！」蘇菲亞呼喊着，眼看着狂風把袋子吹走了。

狂風把袋子捲到了哈立德面前，他一把抓住了袋子，轉身就跑。安柏、薇薇安和德斯蒙德趕緊追了上去，詹姆士和蘇菲亞也緊隨其後。

　　在噴泉曠野上，哈立德手中的袋子又被吹走了。每個人都試圖搶奪袋子，直到又一個噴泉噴發，強大的氣流將袋子吹上了高高的天空。隨後，袋子乘着風，向着懸崖邊飄去，最終被迷霧吞沒了。

　　「袋子沒有了！」
安柏氣喘吁吁地說。

回到城堡，每個人都垂頭喪氣，提不起精神。

「我們不可能獲勝了。」詹姆士沮喪地説。

這時，蘇菲亞提議大家可以做一個新項目。她説：「爸爸曾經提過製作漂浮的太陽系模型。」

「但爸爸也説過，這個項目很難！」安柏提醒她。

「但假如我們團結起來，一起完成這個科技項目呢？」蘇菲亞詢問大家的意見。

最初，大家都不確定是否願意一起合作。
「讓我們像以前一樣做回好朋友，一起努力吧！」
蘇菲亞大聲建議道。

經過大家的共同努力，他們終於按
時完成了這個科技項目，並從中得到了
很多樂趣！

雖然他們製作的漂浮的太陽系模型沒有在科技展中贏得獎盃，但在羅倫國王看來，有沒有獲得獎盃根本一點也不重要。

　　「你們為我帶來了比獎盃更重要的東西。」他的語氣中充滿了自豪，「這是讓我感到最開心的一次科技展。」